DEUXIÈME JURY

(4ᵉ ET 5ᵉ CLASSE)

RAPPORT

SUR L'EXPOSITION DE NÎMES

PAR

M. J. CHAPTAL

RAPPORTEUR

STRASBOURG

IMPRIMERIE DE VEUVE BERGER-LEVRAULT

1863

V

34480

DEUXIÈME JURY

(4ᵉ ET 5ᵉ CLASSES)

RAPPORT

SUR L'EXPOSITION DE NIMES

PAR

M. J. CHAPTAL

RAPPORTEUR

STRASBOURG

IMPRIMERIE DE VEUVE BERGER-LEVRAULT

1863

Pour mettre dans ce rapport plus d'ordre et de netteté et le simplifier autant que possible, nous avons groupé les exposants en diverses catégories, d'après l'analogie des usages auxquels leurs appareils étaient destinés.

MACHINES.

Cette partie de notre exposition est vraiment remarquable et présente des appareils d'un très-grand mérite.

Le jury a mis hors concours :

M. CABANES, de Bordeaux ;

M. MATTHIEU MICHEL, de Nîmes ;

Auxquels il décerne, pour l'incontestable supériorité de leurs machines, un diplôme d'honneur.

M. CABANES a exposé un sasseur mécanique de son invention qui lui a valu déjà un grand nombre de médailles et la croix de la Légion d'honneur. Cet appareil est un véritable classificateur, qui sépare toutes les parties utiles du produit des moutures, et les classe suivant leur nature. Le mérite du sasseur CABANES étant universellement reconnu, nous nous bornerons à constater que celui qui figure à l'exposition de Nîmes est remarquable par sa bonne exécution et la merveilleuse entente de tous les détails.

La machine à filer les soies de M. MICHEL est celle qui figurait à l'exposition universelle de 1855. Tout a été dit sur cet appareil excellent, qui a valu à son auteur la croix de la Légion d'honneur. Les tonnes de vidange, qu'il expose aujourd'hui pour la première fois, sont destinées à vidanger les fosses de petite contenance. Au lieu d'une seule tonne placée sur un char et ne pouvant, une fois le vide fait, servir qu'à une seule opération, M. MICHEL a groupé sur son char trois tonnes en tôle, isolées et jaugeant chacune 750 litres environ. Le vide se fait séparément dans les trois tonnes par les procédés ordinaires. Chacune peut aussi se remplir isolément, en sorte que l'on acquiert ainsi la faculté de vidanger successivement, dans un seul voyage du char, trois fosses de petite contenance. Les dispositions de cet appareil sont d'une simplicité remarquable, et l'exécution en est parfaite.

M. Laurent Chevalier, à Lyon, a exposé une locomobile de la force de cinq chevaux. Quoique ressemblant à toutes les machines de ce genre, la locomobile Chevalier présente certaines dispositions ingénieuses: ainsi le cylindre est *venu de fonte* avec le réservoir à vapeur dans lequel il est contenu et se trouve continuellement maintenu à la température de celle-ci. L'eau d'alimentation est réchauffée, entre la pompe et le générateur par son passage dans un réservoir cylindrique, rempli de tubes qui sont traversés par la vapeur d'échappement se rendant à la cheminée. La chaudière de cette machine est surtout remarquable: le foyer et les tubes y sont amovibles. Ils comprennent un groupe, fixé dans le corps cylindrique par un joint boulonné, et qui peut s'enlever sans difficulté. Les tubes y sont à retour de flamme. Rien ne gêne leur dilatation; le nettoyage en est facile. Tout cet appareil est simple de construction; les réparations y sont commodes. Cette chaudière est des mieux appropriées aux industries agricoles, qui n'ont pas, la plupart du temps, de grands moyens d'entretien à leur disposition.

Le jury décerne à M. Laurent Chevalier une médaille d'or.

La locomobile, de la force de deux chevaux, exposée par MM. Bonnet frères, de Toulouse, ne présente dans son mécanisme rien de particulier. Le constructeur y a seulement ajouté une petite pompe à vent, agissant sur la valve d'arrivée de vapeur au cylindre, pour régulariser le mouvement du piston. Le jury décerne à MM. BONNET frères une médaille de bronze.

MM. BUFFAUD frères, ingénieurs à Lyon, ont exposé deux hydro-extracteurs de leur invention.

Le premier se fait remarquer par un mode nouveau de débrayage. Au lieu de deux poulies, une fixe et une folle, dont sont pourvus ordinairement les appareils de ce genre, celui de MM. BUFFAUD porte une seule poulie ou manchon, faisant corps avec la roue de friction qui est fixée sur l'arbre horizontal. L'adhérence des deux roues de friction est obtenue par un ressort en acier qui pousse l'arbre horizontal dans un certain sens. Quand on veut suspendre la marche, on tourne un petit volant qui éloigne le ressort en acier de l'extrémité de l'arbre horizontal; et celui-ci reçoit aussitôt, par un ressort en caoutchouc placé à son autre extrémité, une petite poussée en sens contraire qui suffit pour faire cesser l'adhérence des deux roues de friction. Un frein, agissant sur un manchon qui porte l'axe vertical, permet à l'ouvrier d'arrêter la marche de l'appareil très-promptement et sans le moindre danger. La suppression de la poulie folle et l'addition du frein sont deux idées très-heureuses; on n'a plus à craindre que l'huile de graissage de la poulie folle soit répandue sur les matières à essorer; et le frein dispense les ouvriers d'exercer, à la main, une pression toujours dangereuse sur les rebords du cylindre qui tourne.

Le second hydro-extracteur porte une petite machine à vapeur, destinée à lui donner le mouvement. Cette petite machine est placée latéralement et fixée à la cuve en fonte par des boulons. Le mouvement est transmis directement à l'arbre horizontal, qui porte la roue de friction, par une bielle et une manivelle. L'extrémité opposée de l'arbre horizontal est poussée par un ressort en acier qui est manœuvré, comme dans le premier appareil, par un petit volant qu'on fait tourner à la main. Pour

.débrayer, il suffit d'éloigner le ressort en acier de l'extrémité de l'arbre; la roue verticale n'adhère plus alors suffisamment avec l'autre, et l'ouvrier peut arrêter immédiatement en serrant le frein.

L'idée d'appliquer directement la force motrice aux hydro-extracteurs est nouvelle et heureuse. Outre ces perfectionnements remarquables, les appareils de MM. Buffaud se distinguent par une construction solide, simple et bien finie. Aucun détail d'une bonne fabrication n'a été négligé. Tout a été prévu, et notamment un réservoir ingénieux reçoit les huiles du graissage de l'arbre vertical. Les essoreurs Buffaud conviennent à une foule d'industries, et plusieurs grands établissements, tels que les hospices de Lyon, l'assistance publique de Paris, la Compagnie des eaux thermales de Vichy, etc., n'ont pas hésité à les employer.

Le jury décerne à MM. Buffaud frères une médaille d'or.

M. Schwæblé, à Paris, a exposé un appareil propre à carboniser les bois.

La consommation des bois s'accroît, en France, d'une année à l'autre, tandis que les ressources de nos forêts diminuent constamment. Chercher les moyens de prolonger la durée des bois mis en œuvre, tel est le but que s'est proposé M. de Lapparent, directeur des constructions navales et du service des bois de la marine, officier de la Légion d'honneur. La cause principale de la fermentation qui précède toujours la pourriture des bois, consiste dans la présence d'une atmosphère d'air stagnant, chaud et humide; et cette pourriture est annoncée par la présence de certains champignons dont l'existence est due aux sporules qui sont charriées par l'air et qui se déposent sur la surface des bois. On comprend que la fermentation produite par le contact prolongé d'un air stagnant, chaud et humide, a préparé comme un sol où les semences peuvent s'implanter et se nourrir. Quand on radoube un navire, quand on pénètre dans l'intérieur d'une mine, ou qu'on soulève le parquet d'un rez-de-chaussée humide, on est stupéfait à la vue des champignons souvent énormes qui se sont développés. On s'opposera donc, pendant un temps plus ou moins long, à cette pourriture des bois en préparant les surfaces de manière à retarder la fermentation et à les rendre impropres à l'adhérence et au développement des champignons. Or, c'est une pratique suivie de temps immémorial, dans les campagnes, de brûler le pied des pieux fichés en terre: de là est venue à M. DE LAPPARENT l'idée de carboniser toutes les surfaces des bois employés dans les constructions navales, au moyen d'un appareil simple, ingénieux et permettant d'opérer sans aucun danger.

Le chalumeau à gaz exposé par M. SCHWÆBLÉ, cessionnaire des droits de M. DE LAPPARENT, consiste en une lance en cuivre formée de deux tuyaux soudés l'un à l'autre et se réunissant à l'extrémité. Par l'un de ces tuyaux arrive du gaz qu'on va chercher à une conduite quelconque par un boyau en caoutchouc; par l'autre arrive de l'air au moyen d'un second boyau en caoutchouc, aboutissant à un soufflet que l'opérateur manœuvre avec le pied. On enflamme le mélange au bout de la lance, et aussitôt que le soufflet est mis en jeu, on obtient un jet de flamme très-énergique que l'on promène sur les surfaces à carboniser. Pour obtenir le maximum de chaleur et le minimum de consommation du gaz, l'expérience a démontré qu'il fallait 2 volumes de gaz pour 5 volumes d'air. La consommation en gaz est environ de 160 à 200 litres par mètre carré de surface de bois.

Au moyen de cet appareil on produit à la surface du bois une chaleur considérable qui a pour effet, d'abord, de chasser l'eau séveuse et de faire passer à l'état sec les parties fermentescibles; ensuite de produire, sous cette première couche carbonisée, une surface torréfiée, dure et imprégnée de créosote et de goudron dont les propriétés antiseptiques sont bien connues.

Le gouvernement français a fait faire de longues expériences à Cherbourg sur les vaisseaux de l'État; et aujourd'hui le ministre de la marine a ordonné l'application de la carbonisation dans tous les arsenaux de l'Empire. L'amirauté anglaise paraît avoir traité dernièrement avec M. Schwæblé. Quant à l'industrie privée, plusieurs compagnies de chemin de fer font étudier la question, tant pour les traverses que pour le matériel des waggons; et divers grands entrepreneurs ont commencé des essais sur les bois des planchers, des parquets, etc. La Compagnie houillère de Robiac et Bességes va faire prochainement des expériences pour la carbonisation des piquets employés dans les galeries principales.

L'appareil de M. Schwæblé, qui n'a paru encore dans aucune exposition, nous semble mériter à tous égards une médaille d'or.

La machine à ferrer les lacets, exposée par M. Soullier, de Nîmes, est aussi, dans un autre genre, un appareil remarquable. Elle a rendu à l'industrie des lacets, si développée dans notre ville, un service signalé. Elle se compose de deux parties fonctionnant séparément. Une petite cisaille, très-bien exécutée, coupe dans une bande de laiton en feuille, de $0^m,18$ de largeur, la matière d'un ferret de lacet. Dans la même opération le cuivre est poinçonné, de façon à lui faire des crans qui empêchent le lacet de glisser, une fois le ferret enroulé. L'enroulement se fait par un petit marteau horizontal, frappant la feuille de laiton sur une matrice; en même temps une petite cisaille emporte-pièce coupe en deux le ferret et le referme de façon à dissimuler le bout du haut. On fait ainsi deux ferrets à chaque coup de cisaille. L'opération est si rapide, qu'à peine on a le temps de s'en apercevoir. Le jury a vu avec intérêt cette petite machine fonctionner dans les ateliers de M. Pallier, où une seule femme fournit des ferrets à dix enrouleuses. Pour terminer le ferrage, on n'a plus qu'à arrondir l'extrémité du ferret en le présentant à un tour creusé *ad hoc*. Tous ces petits appareils sont parfaitement exécutés et fonctionnent très-régulièrement. Le jury, prenant en considération l'importance des services que cette ingénieuse machine rend à l'industrie des lacets, décerne à M. Soulier une médaille de vermeil.

M. Duval, à la Villette (Paris), expose, sous la dénomination générale de machines à percer, une série de machines à percer, à raboter, à cisailler et à poinçonner, marchant toutes à la main et qui conviennent à toutes les petites industries, ainsi qu'aux travaux à faire sur place dans les mines et dans les exploitations éloignées. L'exécution de cette série d'outils est bonne; on y remarque des détails qui dénotent une parfaite entente des besoins auxquels ils s'adressent. Ces outils sont d'un prix peu élevé et se trouvent ainsi accessibles aux carrossiers, forgerons, serruriers, etc., qui en étaient jusqu'à présent complétement dépourvus. Le jury décerne à M. Duval une médaille de vermeil.

M. Bernard Rosan, d'Avignon, expose une machine à régler les essieux. Chacun sait que pour faciliter le roulement des voitures ordinaires, les fusées d'essieu ont toujours une double inclinaison : l'une dans le plan vertical, l'extrémité extérieure en bas, pour diminuer la tendance des roues à sortir de l'essieu; l'autre, dans le plan horizontal vers l'avant, pour faciliter le développement de la gente dans les ornières. C'est ce qu'on appelle, en termes du métier, le *carrossage* et l'*avant*. La machine de M. Rosan a pour fonction de vérifier si cette double inclinaison existe après achèvement de l'essieu, et de la lui donner, s'il y a lieu. Elle se compose d'un banc horizontal, ayant, à l'une de ses extrémités, une portion inclinée suivant le *carrossage*. Sur cette portion inclinée circule une pointe mobile décentrée à la demande de l'avant. Le banc entier repose sur un bâtis en fonte surmonté d'un cou de cygne, portant une forte vis de pression. L'essieu à vérifier se place sur le banc horizontal; la pointe mobile, s'il est convenablement exécuté, doit venir porter au centre de la fusée; s'il est à rectifier, la vis de pression le plie à froid et sans choc jusqu'à ce qu'il présente la double inclinaison demandée. Cette machine, simplement conçue, est bien exécutée et solidement établie. Le jury décerne à M. Bernard Rosan une médaille de vermeil.

M. Sipeyre, de Nîmes, obtient une médaille d'argent pour son moulin à triturer les écorces. Cette machine est simple, assez grossièrement exécutée; mais nous pensons que cela tient au manque de fortune de l'exposant. Le jury éspère que, lorsque sa machine sera plus connue, M. Sipeyre ne manquera pas d'en soigner l'exécution. Telle qu'elle est, elle rend déjà de grands services aux tanneurs. A la suite d'essais très-satisfaisants, la machine exposée vient d'être acquise par l'une des premières maisons de tannerie de notre ville.

Une médaille de bronze est accordée à M. Dalverny, à Sommières, pour sa machine à fabriquer les bouchons. Cette machine permet de faire des bouchons beaucoup plus réguliers, avec plus d'économie et plus de rapidité que par les procédés usités jusqu'ici.

Même récompense est accordée à M. Coulard, d'Aigues-Vives, pour sa machine à fabriquer les tuiles, et à M. Jullienne, de Paris, pour sa machine à mouler les briques. La machine de M. Coulard paraît bien entendue, elle ne fait qu'une seule tuile à la fois; mais le mouvement y est, pour ainsi dire, continu, et si elle est bien conduite, elle peut certainement produire des quantités considérables de tuiles. Son exécution est tout à fait satisfaisante. La machine de M. Jullienne est simple d'installation, robuste de construction, et fait deux briques à la fois. Elle doit convenir à merveille pour les petites fabrications.

M. Félix Courenq, de Toulouse, a exposé une machine à régler qui laisse à désirer et un coupe-papier entièrement métallique dont la disposition est bonne, mais l'exécution pourrait être mieux soignée. Le jury décerne à M. Courenq une médaille de bronze.

La machine à couper le papier, exposée par M. Coulet, de Montpellier, est d'un prix peu élevé qui la met à la portée de tous. Pour ce motif le jury lui accorde une mention honorable. Mais elle présente des bâtis en bois qui doivent durer peu, le bois jouant et se voilant à mesure qu'il sèche.

M. Léon Amenc, de Clermont-Ferrand, expose un godet graisseur automatique. — Tous les systèmes employés jusqu'à ce jour pour le graissage des arbres des machines, laissent beaucoup à désirer, soit pour l'économie, soit pour la sécurité des ouvriers. En versant de l'huile plusieurs fois par jour directement dans les parties frottantes, l'ouvrier ne peut savoir s'il en met trop ou trop peu. S'il verse dans un réservoir, celui-ci laisse écouler l'huile en un jet plus ou moins fort, difficile à régler. Dans tous les cas, l'ouvrier obligé de graisser toutes les parties d'une machine souvent très-compliquée, ou des transmissions de mouvement éloignées les unes des autres, et quelquefois d'un accès difficile, peut être victime de la moindre distraction; le danger qu'il court augmente avec le nombre des visites qu'il est obligé de faire.

M. Léon Amenc qui, par la nature de son commerce, a été conduit à étudier à fond la question du graissage, a imaginé un petit appareil qui nous paraît éviter les inconvénients signalés. Son godet graisseur automatique consiste en une boîte ou réservoir à huile, contenant une petite pompe mise en mouvement par l'arbre même qu'il s'agit de graisser. Ce mouvement est obtenu par une petite came qu'on applique sur l'arbre, de sorte qu'à chaque tour d'arbre, un coup de pompe est donné, et une quantité d'huile est élevée. Le godet est fixé sur le palier ou le coussinet par un tube qui amène l'huile sur l'arbre à graisser. L'huile, élevée par la pompe, passe dans un déversoir percé d'un trou, dont l'ouverture est réglée à volonté par une broche conique. L'huile tombe goutte à goutte dans le tube qui la conduit jusqu'à l'arbre. L'huile, montée en excès par la pompe, retombe dans le réservoir.

On comprend que, ces godets ne graissant qu'au moment où la machine marche, et ne donnant à chaque arbre que le nombre de gouttes d'huile dont il a besoin pour chaque tour, il doit résulter de leur emploi une économie notable. En outre, ces petits appareils pouvant contenir de l'huile pour plusieurs jours, les ouvriers ne seront pas obligés de les visiter trop fréquemment; ils pourront, d'ailleurs, ne les alimenter d'huile que pendant les heures de chômage. Le prix de ces appareils est de 8 fr. quand ils sont en fer-blanc, et de 11 fr. en cuivre. Ce godet a déjà été honoré d'une médaille à Clermont, et d'une mention honorable à l'exposition de Londres. Le jury décerne à M. Amenc une médaille d'argent.

M. Laurent Fages, de Montpellier, expose une boîte en fonte servant à graisser les fusées des essieux. Elle est simple, ingénieuse et permet de rendre continu, dans la marche des trains, le graissage des axes. Toutes les précautions sont prises pour éviter l'usure, l'échauffement et la perte de liquide. Les essais faits par la Compagnie du Nord ont été très-satisfaisants; les résultats obtenus ont été bien supérieurs à ceux des boîtes en roulement à cette époque. Le jury décerne à M. Fages un rappel de médaille d'argent.

Deux machines pour l'extraction des huiles figurent à l'exposition de Nîmes.

Celle de M. Henri Long, de Marseille, est une presse ordinaire à leviers. Elle n'a d'autre particularité que trois tiges verticales placées à la circonférence du siége, pour guider les cabas remplis d'olives ou de graines oléagineuses qui s'y placent comme dans toute autre presse. L'exécution en est bonne. Entre deux cabas consécutifs M. LONG place ce qu'il appelle une plaque productive. Elle se compose de deux disques en tôle rivés ensemble et maintenus à quelques millimètres de distance par des bandes de fer de même épaisseur, prises dans les rivets qui réunissent les disques et laissant entre elles des canaux qui rayonnent du centre pour aboutir à la circonférence. Enfin les tôles, à l'endroit de ces canaux, sont percées de trous pareils à ceux d'un crible un peu gros. L'addition de ces plaques productives est une amélioration importante, car elles facilitent l'écoulement de l'huile qui s'échappe des cabas sous l'effort de la presse. Le jury décerne à M. LONG une médaille de vermeil.

M. PERRE, d'Avignon, a exposé une machine à broyer les olives et un pressoir à huile, dont l'exécution dénote un constructeur ayant la pratique des machines de ce genre. Les dispositions mécaniques y sont excellentes; le rendement doit être considérable, car les presses de la maison PERRE sont très-répandues. Le jury décerne à M. PERRE une médaille d'argent.

MM. VAILLANT et Cie, de Villefranche (Rhône), ont exposé un pressoir pour le vin qui présente d'heureuses dispositions. Cet appareil ayant obtenu, au concours régional du mois de mai, un rappel de médaille d'or, le jury se borne à en louer la bonne et solide exécution.

M. CORROY, de Rouceux (Vosges), expose un tarare bien exécuté. Les engrenages sont bien disposés. Le jeu en est très-doux. Cet appareil a été déjà récompensé dans un grand nombre de concours et d'expositions régionales. Il est mû à la main, il pourrait tout aussi aisément être mû par eau ou par vapeur. Des cribles de rechange permettent de nettoyer toute espèce de graines. Le jury décerne à M. Corroy un rappel de médaille d'argent.

M. Fauconnier, de Paris, a exposé un moulin destiné à réduire le plâtre en poudre plus ou moins fine, suivant les besoins des maçons ou des agriculteurs. On verse le plâtre dans un charriot concasseur qui le prépare et le sème dans un bassin où deux meules verticales le pulvérisent, tandis qu'une espèce de turbine en fer battu tournant avec elles le ramasse et le verse sur un tamis conique placé au centre du bassin. Il suffit de changer ce tamis pour avoir le plâtre plus ou moins fin. Le plâtre, encore trop gros pour passer au tamis, retombe sur le passage des meules pour être soumis à une nouvelle trituration. L'appareil est bien conçu, mais la main-d'œuvre a paru laisser à désirer. Le jury décerne à M. Fauconnier une médaille de bronze.

La confection de chaussures à vis a pris, depuis quelques années, un très-grand développement. Plusieurs machines ont été imaginées pour satisfaire aux besoins de cette industrie. L'exposition de Nîmes en offre deux spécimens, exposés, l'un par M. Cabourg, de Paris, l'autre par M. Saussine, de Nîmes. La machine de M. Cabourg est construite avec soin; celle de M. Saussine a paru cependant supérieure. Disons d'abord qu'il n'y a de commun entre ces deux machines que la poulie sur laquelle est enroulé le laiton. Le système d'engrenage présente de notables différences. La pédale qui, dans la machine Cabourg, fait marcher le couteau sert de bascule, dans la machine Saussine, pour présenter le soulier devant la filière au lieu de le tenir à la main. La distance de la poulie au soulier est diminuée, afin que, le fil se tordant moins, on ait moins de chances de rupture.

Cette machine sort des ateliers du Pénitentiaire d'Avignon.

Les modifications sont le résultat de l'expérience personnelle de l'exposant. Le jury décerne à M. Saussine une médaille d'argent et à M. Cabourg une médaille de bronze.

La même industrie fait un grand usage des machines à coudre. Ces machines ont été variées à l'infini. Celles que M. Mayre-Mayer, de Paris, a exposées, sont très-employées dans Nîmes, et fonctionnent bien. Une pédale communique, par un système d'excentriques et de leviers, à une aiguille percée d'un trou près de sa pointe, un mouvement de va-et-vient dans le sens vertical. L'aiguille traverse l'étoffe, et le fil qu'elle entraîne forme au-dessous de l'étoffe une boucle dans laquelle vient passer le fil de la navette. Une roue d'entraînement sert à régler la longueur du point. L'ouvrière n'a qu'à guider l'étoffe à la main, pour que la piqûre se fasse à l'endroit voulu. Ces machines fonctionnent avec une rapidité prodigieuse. Le prix en est modéré. Le jury décerne à M. Mayer une médaille de vermeil.

M. Mollo jeune, à Avignon, a exposé un appareil à fabriquer les eaux gazeuses, qui est bien entendu et d'une bonne exécution. C'est l'appareil Savaresse perfectionné par l'addition d'une pompe et d'une boule à acide. Celle-ci est placée au-dessus de la boule contenant le carbonate de chaux; on règle à volonté l'arrivée de l'acide sur le sel, et la pompe recharge le cylindre qui contient l'eau gazeuse sans qu'il soit nécessaire de le démonter. On évite la perte d'une certaine quantité de gaz, et on opère beaucoup plus rapidement. Une seule personne peut fabriquer par jour, avec cet appareil, 1,200 bouteilles d'eau gazeuse, dont le prix de revient est de 1 cent. la bouteille. Le jury décerne à M. Mollo une médaille d'argent.

M. Egrot, de Paris, expose plusieurs appareils à distillation continue. L'appareil fixe, exigeant peu de place, facile à monter et à transporter, est destiné aux grands propriétaires ou industriels. Il est bien construit, présente à l'air une surface peu étendue, ce qui entraîne moins de refroidissement par le contact de l'air, et par suite, économie de combustible et diminution du prix de revient. Le nettoyage en est aisé, ce qui est un point important.

Un autre appareil, plus petit, avec fourneau et trépied, est destiné aux petits propriétaires. Il peut être placé sur une voiture et devient ainsi portatif. La dépense en combustible est de 1 fr. par 1,000 litres de jus à distiller. La maison EGROT est très-ancienne. Sa fondation date de 1780, et elle a déjà obtenu un grand nombre de récompenses à différentes expositions, notamment la médaille d'argent à l'exposition de Londres en 1862. Le jury lui décerne une médaille de vermeil.

M. LEPLAY, d'Avignon, est l'inventeur d'un système de fermentation et de distillation de matières sucrées, telles que betteraves, topinambours, coupées en morceaux, bien connu de tous ceux qui s'occupent d'agriculture. En effet, il s'y opère une véritable préparation de nourriture cuite pour le bétail de la ferme, avec cet avantage qu'on recueille en même temps un produit alcoolique d'une certaine valeur, qui couvre en partie les frais de nourriture et doit contribuer à abaisser le prix de la viande. Les appareils de M. LEPLAY servent aussi à la distillation des vins, à toutes les opérations de l'art des liquoristes, en un mot à l'extraction de toutes les matières volatiles. Il y en a de toutes les dimensions, pour satisfaire à tous les besoins, depuis le petit propriétaire qui n'a que quelques têtes de bétail à nourrir et sa récolte de vin à distiller, jusqu'aux plus grands établissements. Dans ce dernier cas, au lieu d'un cylindre sur la chaudière, on en met deux ou trois. Ces appareils sont bien entendus et d'une bonne exécution; mais les prix nous ont paru ne pas mettre ces utiles appareils à la portée de tous. Le jury décerne à M. LEPLAY une médaille d'argent.

MM. Tavernier, père, fils et Cie, de Sommières, ont exposé une machine peigneuse qui nous servira de transition naturelle entre les machines proprement dites qu'elle égale par la complication du mécanisme et les soins apportés à l'exécution, et les métiers dont elle se rapproche par la nature des produits. Cette machine a une importance capitale pour l'industrie des tissus. Le peignage de la laine est l'opération préalable et fondamentale de la filature du fil dit *peigné*, avec lequel se fabriquent les étoffes lisses, telles que tissus, mérinos, étoffes de meubles, mousseline de laine, bonneterie, et une très-grande variété de nouveautés pour vêtements de femme. L'opération du peignage est si délicate, si complexe, et l'on peut même dire, exige tant d'intelligence qu'on ne pouvait guère espérer de l'accomplir mécaniquement. Le problème est pourtant résolu et bien résolu par la machine Tavernier. Tandis qu'un ouvrier peigneur à la main pouvait produire autrefois, en 12 heures de travail, de 1 à 5 kil., suivant la finesse et la qualité de la laine à peigner, aujourd'hui une femme, dans le même temps, produit avec une peigneuse mécanique de 100 à 200 kil., suivant la qualité et la finesse de la laine.

La qualité des produits et la réduction des prix seront appréciées par un autre jury, mais nous ne pouvons passer sous silence un avantage humanitaire de cette machine.

„Le peignage à la main, disait avec raison l'*Avenir commercial*, „était mortel pour les ouvriers. Figurez-vous de grandes chambres „renfermant 50 ou 100 ouvriers peigneurs, faisant chauffer leurs „peignes à des réchauds où brûlait une énorme quantité de char„bon de bois, qui empoisonnait l'atmosphère; puis autour de ces „réchauds, de pauvres petits enfants étiolés, appelés nacteurs, „occupés, 12 heures par jour, à arracher avec les dents les „boutons des rubans de laine peignée à la main. Voilà ce qu'on „ne pouvait voir sans frémir de compassion, voilà ce que la „peigneuse mécanique a supprimé.“

Le jury a décerné à MM. Tavernier une médaille d'or.

MÉTIERS.

Plusieurs des métiers qui figurent à l'exposition présentent des perfectionnements sérieux et qui ont paru au jury mériter de hautes récompenses.

M. Honoré Laurent, de Nîmes, a exposé une mécanique Jacquard perfectionnée. Il a introduit une charnière dans la pièce coudée, ce qui diminue l'effort pour tisser les parties *à retour* des étoffes à dessins symétriques. Il a imaginé une forme et une disposition nouvelles des pédonnes qui diminuent les détériorations du carton. En même temps il a heureusement modifié l'ancien système d'aiguilles, dont le talon arrondi avait l'inconvénient de laisser échapper l'élastique et de la fausser souvent. M. Honoré Laurent est un ouvrier tisseur, modeste et laborieux, qui, sans outils, sans ressource, n'a cherché qu'à rendre son métier moins pénible pour sa famille et ses amis. Ses perfectionnements sont déjà appréciés par l'industrie. A la suite des rapports faits par des commissions spéciales, le Conseil municipal et la Chambre de commerce, appréciant les efforts de M. Laurent, ont voté en sa faveur des secours qui lui ont permis d'exposer sa mécanique perfectionnée. Le jury lui décerne une médaille de vermeil.

M. Tastevin, de Lyon, a exposé une machine pour l'ouvraison des matières textiles. La soie, préalablement purifiée de son déchet et débarrassée de ses bouchons, subit d'ordinaire trois opérations, le filage, le doublage, le retordage, qui exigent chacune un appareil distinct. Ces trois opérations se font toutes sur la machine exposée. Les bobines y sont disposées par paires; les deux bobines de chaque paire tordent le fil en sens opposé: c'est la première torsion ou filage. Les deux fils se réunissent en quittant la bobine: c'est le doublage. Ils embrassent une poulie folle, mue par une vis sans fin, et sont reçus sur une troisième bobine placée au-dessus des deux premières: c'est le retordage. Tout se réduit donc à tordre les fils par les deux bouts, lorsqu'ils passent au doublage.

Les avantages de cette disposition sont manifestes. Elle entraîne une triple économie: de main-d'œuvre, puisqu'un seul surveillant suffit pour chaque machine; de temps, puisque trois opérations se font simultanément; de local et de matériel, puisque ce système supprime le moulin de doublage et celui de retors. Cette machine permet une grande régularité dans l'ouvraison, puisque la bobine qui retord ne reçoit de fil que ce que lui en livre la poulie dispensatrice, dont le diamètre est constant. On peut à volonté faire varier la torsion, en avançant ou reculant la courroie sur les cônes parallèles. Les frottements sont très-affaiblis, grâce au croisement de la courroie motrice; enfin, on peut faire varier la torsion du retordage par les panses mobiles ou étuis. Les premières maisons de Lyon ont déjà fait à M. Tastevin de nombreuses commandes. Le jury lui décerne une médaille de vermeil.

Le métier en fer, exposé par M. Béridot, de Nîmes, présente des modifications heureuses. On peut y travailler de trois manières: d'abord par deux pédales à étrier, que l'ouvrière dirige avec les pieds, étant assise sur un tabouret isolé; secondement au moyen de la barre, à l'instar des passementiers; et enfin en agitant des deux mains la poignée du battant. Le travail est, dans les trois cas, si souple et si doux qu'il permet à une jeune fille ou à un homme déjà avancé en âge de passer 120 à 130 coups de navette à la minute.

Destiné à meubler l'atelier de l'ouvrier, ce métier n'a besoin d'aucun scellement; il est léger et peu volumineux, afin d'en faciliter le déplacement. Les boîtes sont à coulisses et susceptibles de recevoir une grosse ou une petite navette, selon qu'on veut tisser des matières grossières ou des matières de premier choix. Elles permettent aussi d'agrandir ou de restreindre la largeur du tissu, et s'enlèvent aisément en cas de réparations. Les rouages en sont peu nombreux et faciles à régler. On peut, à peu de frais, y adapter une petite mécanique d'armure, et alors au lieu de ne tisser que des florences ou du foulard, on y fabriquerait ces mille dispositions qu'imposent les caprices de la mode. Le jury, tenant compte de tous ces avantages, accorde à M. Bérardot une médaille d'argent.

Même récompense est accordée à M. Étienne Pujolas, de Nîmes, pour ses deux mécaniques à la Jacquard. Dans l'une il a heureusement remplacé les lames mouvantes par le cylindre enrouleur; dans l'autre nous trouvons un perfectionnement de la griffe, qui aurait besoin de la consécration de l'expérience.

MM. Burkier et Porte, de Nîmes, ont exposé une mécanique très-bien faite, dont la plaque matrice à trouer les cartons a été trouée à main levée. Son travail dénote un ouvrier intelligent et pouvant rendre de grands services à l'industrie du tissage. Le jury lui décerne une médaille de bronze.

Une mention honorable est accordée à M. Louis Alzas, de Nîmes, pour sa collection de navettes, bien faites et d'un prix modéré.

M. Mardienne, de Lyon, a exposé des peignes fabriqués à la mécanique et propres à tisser les articles de Mulhouse, le taffetas glacé, le satin, les peluches, le velours et la toile à bluter. Ses produits sont remarquables par leur bonne confection, la régularité de l'égalisage et la solidité des soudures. Le jury décerne à M. Mardienne une médaille d'argent.

La vitrine de MM. A. Glattard et Cⁱᵉ, de Montauban, renferme une foule d'outils indispensables au montage des métiers à tisser. Le jury a surtout remarqué un régulateur compensateur d'une construction solide et peu volumineuse, qui sera fort utile à la fabrication des étoffes, à réduction forte, telles que meubles, ornements d'église, gravures tissées et tapis riches, à cause de la proportion que doivent conserver les dessins, pour tenir dans les limites des panneaux qu'ils sont destinés à remplir. Leurs peignes à fouler sont bien faits, et dénotent des ouvriers habiles. Ils apportent aussi le plus grand soin à la fabrication des navettes et des tempias brisés et arqués, dont les pointes sont si heureusement enchâssées que l'ouvrier tisseur peut les remplacer en quelques minutes, quand un accident quelconque vient à en fausser ou à en émousser l'extrémité visible.

Leur vitrine contient encore une belle collection de noillons en cuivre, bronze , etc.

Le jury décerne à MM. GLATTARD et Cⁱᵉ une médaille de bronze.

MM. THIÉBAUD et BURDET, de Lyon, ont exposé divers instruments de précision, employés dans le commerce des soies, tels que balance dynamique, jauge flotte, trembleur, éprouvettes, compteur d'apprêt, etc., d'une bonne confection et dont quelques-uns présentent d'heureuses modifications. Leur tour à filer la soie, à un seul cylindre, a paru au jury exiger des perfectionnements quant au réglage. Le jury leur accorde une mention honorable.

La vitrine de MM. MEYNARD, de Valréas (Vaucluse), contient un instrument à titrer les soies qui comble une lacune regrettable. Mouliniers, filateurs, fabricants, commissionnaires, tous voudront avoir dans leur poche ce petit instrument, qui donne instantanément le titre de la soie. MM. MEYNARD ont encore exposé des purgeoirs régulateurs perfectionnés et un modèle d'étouffoir pour les cocons. Le jury leur décerne une médaille de vermeil.

M. ERNEST CARLE, constructeur à Nîmes, a exposé une machine à quatre bassines pour filer la soie, dans laquelle on trouve de notables améliorations. Le mouvement qui commande le réglage est simple et peu coûteux; il consiste en deux roues en bois, maintenues en contact par un ressort devant bien semer la soie et faire peu de bords, car le point mort nous a paru peu sensible et le va-et-vient heureusement disposé. Les deux côtés de la banque sont creux; l'un distribue la vapeur aux bassines, l'autre conduit l'eau froide, ce qui évite beaucoup de frais de réparation des tubulures; la table est débarrassée de tout ce qui gênait les fileuses, et le niveau des bassines, étant un peu abaissé, facilite davantage leur surveillance. Le tube porte-vapeur longeant les guindres, sert de calorifère, tant pour sécher le fil qui s'y envide que pour détruire les adhérences ou *colures*, avantage qui diminue beaucoup le déchet à l'opération du moulinage. La construction d'une toiture métallique au-dessus des guindres maintient la chaleur qui rayonne du tube porte-vapeur et permet de travailler en hiver ou en temps humide, ce qui supprime le chômage des ouvriers. On est dispensé d'allumer plusieurs poêles, dont l'entretien assez coûteux présente en outre l'inconvénient de répandre partout une poussière noire et cendreuse. Le jury, appréciant la persévérance que M. Carle a mise à perfectionner sa machine, lui décerne une médaille de vermeil.

M. Pinel de Grandchamp, à Paris, a exposé une mécanique Jacquard, mariée à un mécanisme dit mécanique-cylindre. Cet appendice se comporte, en effet, envers les aiguilles de la Jacquard, comme le cylindre ordinaire. Il a pour but la substitution du papier au carton, d'où résulte une grande économie. Les frais de perçage et de lecture sont aussi diminués, sans compter que ce papier sans fin se déroulant et s'enroulant au-dessus du métier, donne un accès libre à l'air et à la lumière, plus d'espace pour circuler autour du métier et la possibilité d'en monter sans crainte en seconde et troisième vue. C'est ce qu'ont très-bien compris les meilleurs fabricants de Paris; aussi se hâtent-ils d'en doter leurs fabriques du Nord. La fabrication de ce papier est irréprochable. Quant au perçage, le diamètre de l'aiguille, par rapport à celui des trous du papier, a paru plus avantageux encore que le diamètre ordinaire par rapport à celui des trous des cartons.

M. Pinel est donc loin aujourd'hui de la timidité et de la réserve avec laquelle son cessionnaire, M. Acklin, se présentait à l'exposition universelle de 1855. Les nombreux changements, les heureuses transformations qui, depuis trois ans, ont été introduits dans ce mécanisme où chaque pièce est coordonnée avec une précision mathématique, en ont fait un outil sûr, pratique, qu'on peut mettre sans crainte entre les mains d'ouvriers ordinaires. On a pu s'en convaincre dans les ateliers de notre École industrielle de fabrication, où une machine, bien moins parfaite que celle qui figure à l'exposition, fonctionne journellement entre les mains des élèves.

M. Pinel de Grandchamp a émis le vœu que, s'il était assez heureux pour mériter l'attention du jury ou une marque de son intérêt, le témoignage en fût plus spécialement reporté sur M. Quenin, son contre-maître, homme pratique, vieilli dans la profession, remarquablement instruit pour sa condition, aussi habile et intelligent que modeste, type trop rare d'ouvrier que ceux qui marchent à la tête de l'industrie progressive seraient heureux de rencontrer souvent. Le jury ne peut récompenser que l'exposant; mais il a été heureux de consigner dans le rapport ce témoignage qui honore également l'employé et le maître. Le jury décerne à M. Pinel de Grandchamp une médaille de vermeil.

PLANS ET MODÈLES.

M. Laval, Charles, de Nîmes, a exposé un modèle d'un atelier de construction de machines à vapeur. Toutes les pièces ont été faites par l'exposant, ouvrier au chemin de fer, pendant ses heures de loisir, sans le secours d'aucun autre instrument que la lime, le burin et le marteau. Le jury lui décerne une médaille de bronze.

Une mention honorable est accordée à M. Pécher, de Nîmes, pour son modèle d'une machine à laver et sécher les tapis imprimés, à peu de frais. L'idée a paru pouvoir être appliquée dans nos pays, où l'eau manque généralement. Le tamis est enroulé, en forme de manchon, sur deux tambours à ailes; il plonge sur une très-petite longueur dans un ruisseau ou un bassin; par le mouvement de rotation toutes les parties du tapis viennent successivement passer dans l'eau. Un ouvrier brosse constamment le tapis près d'un tambour. Le nettoiement terminé, on commence la dessiccation à l'aide d'un moulin à torsion; on l'achève en l'étendant simplement sur le sol.

M. Thomas Verdier, tisseur à Nîmes, a exposé un spécimen de planche d'empoutage offrant une économie de temps et d'argent. Cet outil est apprécié très-avantageusement par les fabricants de Nîmes. Le jury accorde à M. Verdier une mention honorable.

PÉTRINS MÉCANIQUES.

La fabrication du pain a subi depuis quelques années une véritable révolution. On a remplacé les bras de l'homme par des machines qui accélèrent le travail, épargnent beaucoup de labeur et présentent plus de garanties de propreté. De pareilles machines ne vaudront jamais, pour le pain de choix, un ouvrier intelligent; mais elles ne s'enivrent pas, ne manquent pas l'heure et sont fort dociles, qualités de plus en plus rares chez les ouvriers. Aussi beaucoup de boulangers, qui se plaignaient amèrement lorsque ce mode de fabrication fut installé à Nîmes, par M. Troupel, ont aujourd'hui suivi son exemple. A Marseille, les règlements de police exigent que tout boulanger ait chez lui une machine. Le pain ainsi fabriqué est bon; mais si la question de goût est jugée, il n'en reste pas moins beaucoup à faire pour perfectionner nos machines.

Plusieurs systèmes de pétrins mécaniques figurent à l'exposition de Nîmes. Au premier rang se place le pétrin de M. MARIGNAN. Les palettes y ont une disposition heureuse ; elles sont placées en hélice ; sur une moitié de la longueur de l'arbre elles ont le pas à droite et sur l'autre moitié à gauche. Entre chaque rang de palettes se trouvent des crampons en fer, fixes, qui vont jusque près de l'arbre horizontal. Ces crampons aident à briser la pâte et à l'étirer. Une cloison en tôle, placée au milieu, et qu'on peut enlever à volonté, permet de pétrir au besoin deux qualités de farines en même temps. M. MARIGNAN a joint à son pétrin une petite machine à vapeur, dont le système d'alimentation est ingénieux et très-simple. Elle occupe peu de place et dépense peu de combustible: 10 kil. de charbon suffisent pour la première fournée et 2 pour la seconde.

Cette machine nous paraît bien préférable aux manéges qu'emploient plusieurs boulangers de notre ville. — Enfin comme la fabrication du pain se fait pendant la nuit et que le moindre bruit, à ces heures, acquiert plus d'importance que pendant le jour, M. MARIGNAN a adapté à sa machine des pignons en cuir préparé exprès, commandant la roue dentée sur l'arbre du pétrin. Les avantages de ce perfectionnement seront appréciés par tous ceux qui sont logés près d'une boulangerie. Par son prix modéré cette machine est accessible à tous. Enfin lorsque les ouvriers boulangers verront qu'ils peuvent, grâce à elle, pétrir leur pain, assis, fumant leur pipe et se levant à peine de temps en temps pour jeter de la farine ou un peu d'eau, il faut espérer que leurs préventions contre les pétrins mécaniques se dissiperont, et qu'ainsi disparaîtra le dernier obstacle à leur adoption. Pour ces motifs le jury décerne à M. MARIGNAN une médaille d'or.

Si M. Marignan a constamment cherché à perfectionner son appareil, M. Valla, convaincu que son pétrin était sorti parfait de son cerveau, n'y a rien changé. Cependant les additions que plusieurs boulangers de notre ville y ont apportées, avant de l'employer, auraient dû éveiller son attention. On ne peut nier qu'il donne de bons résultats ; mais il exige un temps plus long. Nous croyons que cela tient à ce qu'il brise beaucoup moins la pâte. Le prix varie de 100 à 250 fr. ; mais il est beaucoup plus élevé, si l'on double le pétrin en tôle, ce qui nous paraît indispensable. Le jury, imitant l'immobilité de M. Valla, ne lui accorde qu'un rappel de médaille d'argent.

M. Jouane, de Perpignan, n'a exposé qu'un modèle très-réduit de son pétrin mécanique. Ce système, aussi bien que celui de MM. Boucoiran-Pons, de Nîmes, et Aujard, de Grenoble, nous a paru inférieur aux précédents. Toutefois il n'est pas douteux qu'on puisse s'en servir.

POMPES ET ROBINETS.

Les pompes à incendie exposées par M. Bouchard, de Lyon, sont sur le modèle des pompes de la ville de Paris, avec cette différence qu'au lieu de soupapes à chapelle ou à queue, elles sont munies de soupapes à boules comme dans les locomotives. Cette modification est heureuse, parce que le boulet est moins susceptible de rester suspendu lorsque l'eau que la pompe aspire renferme du sable et des impuretés. Les pompes Bouchard sont employées avec succès par la ville de Lyon. Celles qui sont exposées à Nîmes, sont parfaitement établies et exécutées avec luxe. Le jury décerne à M. Bouchard une médaille d'argent.

M. Thomas, de Nîmes, a exposé des pompes à brouette et chariot ; M. Rovière, une pompe à incendie et M. Camroux, de Nîmes, une pompe sur brouette. Les pompes exposées par ces trois personnes, bien que différentes de disposition, peuvent être réunies dans la même appréciation. Ce sont des pompes portatives, à double effet, avec réservoir d'air, pouvant servir également à l'incendie, à l'arrosage et au décuvage des vins. Leur exécution n'est pas parfaite, mais elle est suffisante pour l'usage qu'on en attend, et la modicité de leur prix les met à la portée des plus petites exploitations agricoles. Le jury accorde à MM. CAMROUX et THOMAS, une médaille de bronze. M. ROVIÈRE n'étant que le dépositaire et non l'auteur des pompes qu'il expose, ne peut être récompensé.

La pompe alimentaire à simple vapeur exposée par MM. J. PERRET et E. MAZER, de Nîmes, se compose de deux tubes concentriques, de diamètres un peu différents, s'affleurant par l'une de leurs extrémités. Le tube central plonge par l'autre extrémité dans un réservoir d'eau à l'air libre. Le tube extérieur, muni d'un robinet, vient d'une chaudière à vapeur en pression. Les extrémités s'affleurant pénètrent dans un espace cylindrique mis en communication avec la même chaudière, au moyen d'un tube muni d'un clapet de retenue fermant par la pression intérieure du générateur. Supposons l'espace vide entre le robinet et le clapet précités ; si l'on ouvre le premier, la vapeur se précipitera en courant annulaire dans l'espace cylindrique, où affleurent les deux tubes concentriques ; et par son *impulsion*, elle attirera, dans cet espace l'eau du réservoir communiquant avec le tube central. Les inventeurs espèrent que cette impulsion sera suffisante pour que l'eau aille au delà, et soulevant le clapet de retenue, se rende jusque dans la chaudière elle-même fournissant la vapeur pour servir ainsi à son alimentation. Le jury, pour se prononcer, aurait désiré connaître le résultat de l'expérience. Il accorde à MM. PERRET et MAZER une mention honorable.

M. FULCRAND MICHEL, de Montpellier, a exposé une pompe

placée dans un réservoir en tôle qui est à deux pistons et construit sur le modèle ordinaire des pompes à incendie ; son exécution est satisfaisante, elle n'offre toutefois rien de particulier.

Le développement toujours croissant du commerce des vins dans nos pays a attiré l'attention sur les inconvénients ou les dangers des procédés ordinairement employés pour transvaser les liquides, tels que perte du liquide, perte de temps ou altérations des robinets. L'exposition de Nîmes présente sous ce rapport plusieurs perfectionnements importants.

M. Vigouroux, de Nîmes, expose un alliage inaltérable, qui a parfaitement résisté à l'action prolongée du vinaigre, et dont l'usage se répand de plus en plus parmi les négociants en vins. Il est indispensable au commerce des liquides et présente de précieux avantages pour la santé publique. Il est formé d'étain, de régule, d'antimoine et de nickel. M. Vigouroux a heureusement résolu la difficulté qui arrêtait ses nombreux devanciers : empêcher que la clef se grippe par le frottement, c'est-à-dire adhère dans sa boîte.

De fréquentes pertes de liquides se produisent par la négligence des employés qui ferment mal les robinets. Ceux de M. Vigouroux présentent sur ce point, un perfectionnement digne d'être apprécié par les négociants et les propriétaires. Il place à demeure sur le foudre, un cylindre terminé à son extrémité intérieure par une soupape à clapet que la pression du liquide maintient fermée ; l'extrémité extérieure est fermée par une plaque vissée. Quand on veut soutirer le liquide, on enlève la plaque, on visse à sa place un robinet ordinaire dont le canal très-long pousse le clapet ; dès que le robinet est ouvert, le liquide s'écoule ; dès qu'on retire le robinet, le clapet retombe et l'écoulement cesse. Par la beauté du métal et le soin de la fabrication les robinets Vigouroux pourraient paraître des objets de luxe.

Leur prix est cependant peu supérieur à celui des robinets ordinaires. Le jury décerne à M. Vigouroux une médaille de vermeil.

M. Chirouze, géomètre à Tournon, expose un robinet pour la mise en bouteille des vins fins. Il se compose d'un cylindre terminé par un pas de vis qu'on enfonce dans le tonneau. Cette extrémité est munie d'une soupape à clapet que la pression du liquide maintient constamment fermée. Lorsqu'on veut transvaser le liquide, on l'ouvre en pressant sur un bouton qui pousse une tige horizontale. Le liquide s'écoule par un tube latéral dans la bouteille qui, par une disposition ingénieuse, se remplit toujours jusqu'à la même hauteur. Le robinet reste toujours amorcé. On évite toute perte du vin et on le préserve du contact de l'air. Il reste à M. Chirouze deux perfectionnements à apporter à ses robinets: 1° les faire avec le métal de M. Vigouroux; 2° en diminuer le volume, ce qui lui permettra d'en abaisser le prix. Le jury décerne à M. Chirouze une médaille d'argent.

M. Baron, Jean-Frédéric, de Marseille, est l'inventeur d'un autre système pour remplir les bouteilles. Dans une cuve rectangulaire, placée sous le robinet du tonneau, plongent 4, 6 ou même 12 siphons. Leur extrémité mouillée est taillée en biseau et maintenue, par un contre-poids, appliquée contre une plaque de bois inclinée, de manière à fermer le siphon dans sa position naturelle. Si on introduit la branche libre dans une bouteille maintenue à une hauteur convenable, son poids abaisse cette branche, soulève l'autre, et si le siphon est amorcé, le liquide s'écoule. Avant qu'il arrive au sommet de la bouteille, le niveau atteint la même hauteur que dans la cuve, l'écoulement du liquide cesse. La machine à boucher n'a rien de particulier. Ce système est inférieur au précédent pour les vins fins, il les expose au contact de l'air sur une assez grande surface. On a l'avantage d'opérer très-rapidement. Avec l'appareil de M. Baron et sa machine à boucher, une seule personne peut remplir et boucher par jour jusqu'à 3,000 bouteilles. Le jury accorde à M. BARON une médaille de bronze.

M. TOUSSAINT MAUREL, de Marseille, expose une bonde métallique pour tonneau, qui a des avantages pour les tonneaux à demeure fixe : son prix n'est que de 50 cent. Le jury lui accorde une mention honorable.

M. FRANC, agent voyer à Carcassonne, expose un appareil de mesurage des liquides, connu sous le nom de *régulateur Franc*, déjà honoré d'une médaille d'or au concours agricole du mois de mai dernier. Il repose sur les principes les plus simples de l'hydrostatique et de la géométrie. Il n'exige pas que le vase soit de niveau. Il évite toute contestation entre le vendeur et l'acheteur. Le jury, appréciant les services que cet appareil, par sa simplicité, par la rapidité des opérations, est destiné à rendre au commerce, lui accorde une médaille de vermeil. Il serait à désirer que ce système devînt d'un usage général en France, et toute mesure prise dans ce but par l'autorité serait très-favorablement accueillie par les propriétaires des pays vignobles.

M. BARTHÉLEMY NAUDINAT, de Castelnaudary (Aude), a exposé des mesures de capacité en fer et en bois. Elles sont bien exécutées, mais ne présentent rien de particulier.

TONNELLERIE.

Au commerce des vins se rattache la tonnellerie.

Le jury a vivement regretté que la plupart des exposants se soient mépris sur le but de l'exposition. Ils ont consacré beaucoup de temps et de peines à fabriquer des tonneaux de fantaisie; plusieurs de ces tonneaux, par les changements de courbure, offraient de sérieuses difficultés et indiquent des ouvriers habiles ; quelques-uns sont de véritables monstruosités.

M. Brisson-Gamot envoie de Cabara (Gironde) un baril monté de 35 millimètres de diamètre sur 65 de longueur.

M. Courdesse, de Caveirac (Gard), expose un tonneau en noyer, d'une seule pièce, découpé probablement dans quelque tronc d'arbre. Quelle peut en être l'utilité?

Nous en dirons autant des barils de M. Grandguillaume, de Fontin (Doubs). Ils sont légers, bien travaillés au tour, mais ne peuvent servir qu'aux cantinières.

M. Pierre Aube, de Saint-Gilles (Gard), expose des tonneaux miniature, fort jolis en leur genre, mais pour lesquels *une exposition de l'industrie* ne peut pas avoir de récompense.

M. Ville, de Nîmes, a tellement tourmenté son bois pour faire un foudre original, que celui-ci n'a plus tenu le liquide.

Le petit foudre ovale de M. Aubanel, de Vergèze (Gard), se rapproche davantage des foudres usités. La fabrication en est soignée; mais la coupe de face laisse à désirer, le fond est trop plat. Le jury lui accorde comme encouragement une mention honorable.

Le foudre de MM. Nicolas fils et Barbut, de Sommières, est trop plat et n'a pas de bouge.

M. Amalric, de Nîmes, expose un tonneau en renfermant 4, qui peut rendre quelques services aux débitants de liqueurs en détail. A ce titre il obtient une mention honorable.

M. Michel Hügel, tonnelier renommé dans Nîmes, pour la solidité et l'élégance de ses foudres, n'obtient qu'une mention honorable pour son foudre à 8 robinets. Que n'exposait-il un foudre comme il sait les faire ?

Une médaille de bronze est accordée à M. ÉTIENNE SALERY, de Nîmes, pour son foudre à deux compartiments, contenant chacun un hectolitre, qui se rapproche le plus par sa construction des foudres employés dans le commerce. Encore peut-on lui reprocher de n'avoir mis qu'un seul cercle de fer à son foudre. Dans cet état il ne trouverait pas d'acheteur; mais le travail est soigné, la coupe est bonne.

OUTILS DE TONNELIERS.

La tonnellerie nous conduit naturellement aux outils de tonneliers. L'exposition en ce genre est remarquable.

M. VIDAL, MENTOR, de Mèze (Hérault) expose une collection d'outils pour tonneliers, qui atteste une fabrication très-soignée. Le jury a particulièrement remarqué une hache faite tout entière au marteau, des herminettes de toutes dimensions à surface plate au centre, et courbée sur les bords ; une jabloire avec bouvet en métal, au lieu d'être en bois, et dans laquelle l'addition de deux roulettes transforme le frottement de glissement du tonneau en frottement de roulement; d'énormes sécateurs pour les branches de vigne, etc. Le jury lui décerne un rappel de médaille d'argent.

M. CÉSAR DELORD, de Grand-Gallargues (Gard), expose des fers à patin, des fers à branche découverte, pour guérir ou prévenir les maladies des chevaux ou des animaux de labour, divers outils de tonneliers et surtout des haches supérieures à tous les instruments de ce genre figurant à l'exposition. Aussi ont-elles été aussitôt acquises par l'une de nos premières maisons pour les vins. Le jury lui accorde une médaille d'argent.

Un rappel de médaille de bronze est accordé à M. Delord aîné, maréchal à Grand-Gallargues, pour ses divers outils de tonneliers.

M. Platon, Louis, de Nîmes, a imaginé une machine à scier le bois des tonneliers, qui a paru pouvoir rendre des services, parce qu'elle donne au bois pour les douves sa forme définitive. Le jury lui accorde une mention honorable.

OUTILS DE TOUT GENRE.

M. Sehet, Alexandre, de Lodève (Hérault), expose une collection de plaques et de rubans de cardes bien faits et pouvant rendre de grands services à l'industrie des draps. Sa fabrique est la seule importante que possède le midi de la France. Le jury lui décerne un rappel de médaille de vermeil.

M. Matthieu Julien, de Nîmes, expose une très-belle collection d'outils de tout genre, pour charrons, charpentiers, ferblantiers etc., qui attirent les regards par leur élégance. Un examen plus attentif n'altère pas cette première satisfaction. Le jury a remarqué ses faux de très-grandes dimensions, ses coupe-betteraves, ses haches, ses enclumes pour ferblantiers. Il a peu approuvé son coupe-sucre. Il accorde à M. Julien, pour la bonne confection et la variété des outils qu'il fabrique, une médaille d'argent.

M. le baron de Roverié de Cabrières, de Nîmes, expose une scie à pédale, dite *de précision*, construite sur une petite échelle, mais qui, dans l'opinion du jury, pourrait devenir un instrument industriel. Telle qu'elle est, elle constitue un charmant appareil d'amateur, car l'exposant y a adapté toutes les pièces nécessaires pour aiguiser, tourner et percer le bois et les métaux. On obtient avec cette scie des traits d'une grande légèreté. Une scie semblable pourrait rendre de grands services à la marqueterie, à l'ébénisterie et surtout à l'horlogerie. Le jury décerne à M. DE CABRIÈRES une médaille d'argent.

Une médaille de bronze est accordée à M. SOULIER, de Nîmes, pour ses ciseaux servant à tondre les chevaux, qui sont d'une exécution remarquable.

Le jury décerne encore deux mentions honorables :

A M. HINN-DEPAIRE, de Nîmes, pour son étau en fer forgé à côté duquel il a eu l'idée de placer une enclume ;

A M. CARBONNEL, BALTHAZAR, de Marseille, pour ses belles tenailles à couper le fer.

MM. ROBERT père et fils, de Montpellier, exposent une forge portative commode, mais ne présentant rien de particulier. Le soufflet destiné à la faire marcher est bien construit. Les exposants ont évité le tube (ou manche) placé ordinairement à l'intérieur, de telle sorte que la réparation peut se faire partout. Le jury leur décerne un rappel de médaille de bronze.

M. MERCOIRET, de Sauve, a aussi cherché à perfectionner les soufflets de forge. Celui qu'il expose est solide, bien construit et donne beaucoup de vent. Le jury lui décerne une médaille de bronze.

La fabrication des meules est représentée par deux maisons considérables et honorées déjà d'un grand nombre de récompenses.

MM. CHASSAING, PEYROT et Cie, de Domme (Dordogne), exposent des meules extraites des vastes et riches carrières qu'ils possèdent sur le plateau de Domme, en Périgord. Les qualités de ces meules sont la force de cohérence, une vivacité et une dureté remarquables, enfin la finesse des éveillures qui doivent permettre d'obtenir facilement une farine toujours douce, régulière. Les deux types envoyés à l'exposition de Nîmes sont spécialement destinés à la minoterie; une de ces meules est en grands carreaux et prouve la richesse des bancs; l'autre est en petits blocs et se distingue par le fini du travail. Le jury décerne à MM. Chassaing, Peyrot et Cⁱᵉ un rappel de médaille d'or.

M. Mesnet-Thibault à Cinq-Mars la Pile (Indre-et-Loire), expose des meules extraites des carrières de Bois-Prieur et de Villegrignon, dont il est propriétaire. Leur diamètre varie de $1^m,30$ à $1^m,50$; leur épaisseur de $0^m,25$ à $0^m,30$; elles sont solidement cerclées en fer, et formées de plusieurs parties soudées avec soin, de manière à donner plus d'homogénéité au grain. Le jury lui décerne un rappel de médaille d'or.

M. Radet-Ruotte, de Provenchère-sur-Meuse (Marne), expose des meules provenchères qui paraissent de très-bonne qualité et sont très-bien taillées. Le jury lui décerne une médaille d'argent.

M. Amans, François, père, de Narbonne (Aude), expose un appareil qu'il appelle *niveau volant*, destiné à s'assurer que les meules sont bien planes. Il est très-simple, mais d'une exécution très-grossière. Des certificats de meuniers constatent que cet appareil rend des services à leur industrie. Le jury lui accorde une médaille de bronze.

5ᵉ CLASSE.

HORLOGERIE.

L'horlogerie a été dignement représentée à l'exposition de Nîmes. Hors ligne il faut placer la maison Destouches de Paris, fondée en 1803; elle a vu son commerce s'accroître chaque année, et maintenant elle écoule par an, tant en France qu'à l'étranger, pour plus de 3 millions de francs de ses produits. Dans ce chiffre l'horlogerie est représentée, tant en pièces de précision qu'en horlogerie à l'usage civil, pour plus de 1,200,000 francs. M. Destouches a été honoré déjà des plus belles récompenses; il me suffira de citer: la médaille d'honneur en or, à l'exposition universelle d'horlogerie de Besançon en 1860, et la médaille de Londres en 1862. Les progrès qu'il a fait faire à l'horlogerie, lui ont valu la croix de la Légion d'honneur, et la croix de Danebrog lui a été accordée par le roi de Danemark pour son horlogerie électrique.

De pareilles expositions méritent d'être décrites avec quelques détails. Elles présentent des perfectionnements qu'il est utile de faire connaître et apprécier par tous les horlogers, auxquels M. Destouches rend ainsi, en exposant, un véritable service.

L'œuvre capitale de son exposition est le modèle de l'horloge qu'il place en ce moment au Conservatoire impérial ; elle est à remontoir d'égalité dont l'arrêt agit sur le centre de l'axe. Ce remontoir a l'avantage de dégager l'échappement de l'influence des frottements des trois premiers mobiles du rouage de mouvement; alors le poids moteur, venant agir directement sur la roue d'échappement, n'exige que 4 à 5 grammes. La sonnerie de cette horloge, par un procédé de l'invention de M. Destouches, répète sans l'addition d'aucun rouage l'heure à chaque quart, pour les heures de nuit seulement, c'est-à-dire de 8 heures du soir à 8 heures du matin. A cet effet, cinq disques compteurs sont placés sur un même axe; la somme totale du développement de ces disques correspond au nombre (390) de coups à frapper en 24 heures. A l'aide d'un déclic très-simple et très-sûr, que les disques compteurs mettent eux-mêmes en jeu, la broche d'arrêt de sonnerie passe successivement d'un disque sur un autre à chaque révolution, jusqu'au cinquième, et d'elle-même, après cinq révolutions complètes, vient se rembrayer dans le premier disque.

Dans ce mécanisme, l'arrêt ne portant pas sur les disques compteurs pendant la fonction de la sonnerie, on obtient ainsi une grande économie de force motrice.

M. Destouches expose plusieurs régulateurs astronomiques avec pendules compensés par divers procédés. L'un d'eux présente une compensation à levier, de l'invention de l'exposant. La tige centrale est en acier et porte près de son extrémité inférieure, dans le centre de la lentille, une pièce sur laquelle sont montés à droite et à gauche deux leviers sur les parties extérieures desquels reposent les deux tiges latérales du pendule, qui sont en laiton. Lorsque ces tiges s'allongent par l'élévation de température, elles agissent sur les leviers et font remonter la lentille de la quantité exacte dont la dilatation de la tige centrale la fait descendre ; pareil effet se produit en sens inverse par l'abaissement de température. La dilatation de l'acier de 0° à 100° étant de $^{1}/_{926}$ et celle du laiton de $^{1}/_{632}$, il faut régler la longueur des leviers dans cette proportion. Il faut aussi tenir compte de la difficulté de se procurer des métaux d'une parfaite homogénéité, qui font varier ces rapports d'une manière sensible, ce dont on s'aperçoit à l'étuve : on obvie à cet inconvénient au moyen de deux vis de rappel avec lesquelles on change la longueur des leviers, jusqu'à compensation parfaite.

Un autre régulateur présente un pendule à gril à cinq branches, compensé par le zinc, mais avec cette particularité que les tiges correctrices de $0^{m},54$ de longueur sont cachées dans des cylindres en laiton. Le réglage parfait de ce pendule s'opère par l'addition d'une masse placée dans une pièce octogonale fixée au-dessous de la lentille. Cette masse peut monter et descendre à l'aide d'une vis, et par ce moyen on change de quantités infiniment petites le centre de gravité du pendule.

M. Destouches expose aussi un régulateur astronomique, marchant par l'électricité et n'exigeant qu'un seul élément de Daniell de $0^{m},16$. Le réglage de ce régulateur est indépendant de l'intensité du courant; parce que, quelle que soit sa force, les ressorts sont toujours soulevés de quantités rigoureusement égales ; et les ressorts, toujours également tendus, communiquent au pendule le même arc d'oscillation.

Le jury a remarqué : 1° encore de beaux régulateurs de cheminée, pièces de précision à pendules compensateurs ;

2° Un régulateur genre rocaille en bronze doré, d'un goût remarquable et d'une hauteur de 1$^\mathrm{m}$,90 ;

3° Deux pendules types servant de transmission électrique ; l'une, à contact par minute, transmet l'heure à un cadran placé dans une lanterne à gaz servant à l'éclairage des villes. Ce système est adopté par différentes villes de Danemark ;

4° Un grand assortiment de pendules à sujets divers, genre Renaissance, Louis XIV, Louis XV, Louis XVI.... pendules en marbre, onyx, malachite, etc., plusieurs grandes horloges pour monuments ;

5° Enfin divers appareils uranographiques bien exécutés et pouvant rendre des services dans l'enseignement.

Les tourniquets placés à l'exposition et reconnus indispensables aussi bien en France qu'à l'étranger sont aussi de l'invention de M. DESTOUCHES.

Tous les objets exposés par la maison DESTOUCHES se font remarquer autant par la modicité des prix, le bon goût, la richesse d'ornementation que par la précision et l'habileté de la main-d'œuvre.

Le jury décerne à M. DESTOUCHES un diplôme d'honneur.

L'usage des montres et des pendules devient chaque jour plus général. Mais il n'y en a aucune qui soit entièrement l'œuvre d'un seul ouvrier, ni même d'une seule fabrique. L'horloger prend en fabrique les blancs (platines, ponts et barillets) et les roulants (roues dentées) dont l'ensemble constitue l'ébauche. Il y ajoute des pignons ordinairement pris en fabrique et place le rouage.

Cela s'appelle finir la montre. Il exécute quelquefois le plantage (c'est-à-dire les différentes parties de l'échappement), le repassage et achète en fabrique la boîte et le cadran. Grâce à ce mode de fabrication adopté partout, le prix de revient des montres a été beaucoup réduit ; mais le mérite et la valeur personnelle des horlogers ont aussi diminué. Ils sont devenus des marchands et non des artistes, des brosseurs bien plus que des ouvriers. En province, beaucoup d'horlogers sont obligés d'avoir recours aux fabriques pour les réparations qui exigent quelque délicatesse. Ces préliminaires étaient indispensables pour faire apprécier le mérite des exposants et justifier les hautes récompenses accordées. Il nous a paru qu'on ne saurait trop encourager l'horloger qui se perfectionne dans son art par des essais de fabrication éminemment propres à développer l'adresse de la main et l'intelligence.

L'exposition de M. Fourgeaud, de Nîmes, a fortement attiré l'attention des visiteurs et elle a été l'objet des commentaires les plus opposés. Le jury, désireux de rendre justice à tous, n'a pas hésité à envoyer les pièces exposées à l'un des maîtres dans l'art de l'horlogerie, M. Claudius Saunier, et de mettre ainsi à l'abri de toute suspicion le jugement de l'homme compétent, dont les lumières nous ont été d'un si précieux secours.

M. Fourgeaud exposait une petite montre de 7 lignes de diamètre, travail très-minutieux, exécuté pour donner à un ami un témoignage d'affection. Cette montre, qui ne couvre pas une pièce de 50 centimes, n'est nullement un travail industriel. Beaucoup de personnes ont refusé à M. Fourgeaud le mérite de ce travail. L'échappement a dû être fait ou refait par un horloger rhabilleur (et nous prenons ici ce mot dans son sens le plus honorable) ; aussi devant l'affirmation de M. Fourgeaud, le jury a volontiers admis qu'il avait été fait à la main. L'ébauche et le rouage ont, au jugement des maîtres de l'art, le caractère des ouvrages suisses. Mais l'exposant a fait des travaux plus difficiles que l'exécution de cette ébauche, et le plus simple bon sens dit que celui qui peut le plus, peut le moins. La petite montre est donc l'œuvre de M. Fourgeaud; et bien que l'échappement ne soit pas exécuté avec toute la fermeté qu'on peut désirer, la confection minutieuse d'une montre d'aussi petites dimensions ne peut être que le fait d'un horloger adroit, intelligent, fort au-dessus du niveau ordinaire. Il y a aujourd'hui en France, au jugement de M. Saunier, un nombre excessivement restreint d'horlogers capables d'exécuter une pièce semblable. Dans les fabriques, si l'on y parvient facilement, c'est grâce à la division du travail; chaque ouvrier n'étant qu'un spécialiste qui fait toujours la même chose, nécessairement il acquiert dans cet ouvrage peu compliqué, et qui ne demande que fort peu de contention d'esprit, une certaine habileté de main.

M. Fourgeaud a exposé aussi un mouvement de 21 lignes, à échappement détente, dit *échappement de chronomètre,* dont le calibre lui appartient. Les pignons ont été, au témoignage de l'exposant, pris sur de l'acier rond et divisés à la main. Il aurait pu parfaitement s'éviter ce travail qui n'ajoute rien au mérite.

M. Fourgeaud expose encore un mouvement de pendule dont toutes les pièces sont présentées par lui comme un travail personnel. M. Fourgeaud s'y est créé à plaisir des difficultés d'exécution, sans avantages pour la régularité de la marche. Mais tout en blâmant cette tendance, dans l'intérêt même de l'horlogerie, le jury doit reconnaître que cette pendule est l'œuvre d'un artiste habile, que la ville de Nîmes doit s'estimer heureuse de posséder. Le jury décerne à M. Fourgeaud une médaille d'or.

La même récompense est accordée à M. Callier, de Paris, pour sa pendule qui est, après les appareils de M. Destouches, la plus belle pièce d'horlogerie de notre exposition. L'échappement est très-bon, le balancier très-soigné. Grâce à un planisphère qui sert de cadran, cette pendule donne l'heure de toutes les capitales dé l'Europe.

M. Urbain Compazieu, de Marseille, a exposé une pendule veilleuse qui constitue, par la disposition du mécanisme et le renvoi des aiguilles, un travail ingénieux. Le mouvement de montre est dans le pied de l'appareil. Par la tige du support et un système d'engrenages très-soigné, le mouvement se communique aux aiguilles, qui se meuvent sur un cadran en verre dépoli, éclairé par la veilleuse placée derrière. Cette pendule peut marcher 8 jours, et n'exige point qu'on la mette d'aplomb. Les mêmes qualités de l'artiste se retrouvent dans une pendule sphérique, instrument de fantaisie, mais d'un très-bon goût, et dans un calibre pour verres de montres dont l'idée n'est pas neuve, mais dont l'exécution est soignée. Son prix est très-modéré, 25 fr. au lieu de 80 fr., prix des calibres actuels. Pour ces motifs le jury décerne à M. Compazieu une médaille de vermeil.

M. Clarency, de Marseille, a exposé une montre chronomètre dont le calibre est donné par l'exposant comme tracé et exécuté entièrement par lui. Après toutes les discussions soulevées par la petite montre de M. Fourgeaud, on comprend que le jury aurait désiré examiner de près ce travail, interroger l'auteur. Rien de tout cela ne lui a été possible. Néanmoins comme le système en est simple, les réparations faciles et que la main-d'œuvre dénote un artiste distingué, le jury décerne à M. Clarency une médaille d'argent.

M. Richard, Louis, de Nantes, expose un système d'échappement. Il peut être le résultat des réflexions personnelles de l'exposant ; mais il présente de grandes ressemblances avec des échappements déjà connus et abandonnés, notamment ceux que Moinet décrit, dans son Traité d'horlogerie, tome II, chapitre 3 (planche 28, figures 4 et 6). Sans s'arrêter à cette question de propriété, le jury a reconnu dans M. Richard un artiste qui a du savoir et de l'intelligence. Aussi n'a-t-il pas hésité à lui accorder une médaille d'argent.

M. Humbert Droz, de Nîmes, a exposé pareillement une pièce d'horlogerie dont l'échappement ne présente pas la disposition ordinaire. C'est chose fort difficile que d'apprécier la valeur d'un échappement. Cela exige de nombreuses expériences, longtemps prolongées. L'exposant n'en a pas produit les preuves. Le jury n'a pu récompenser, en M. Humbert Droz, que le chercheur. Il lui décerne une médaille d'argent.

Une médaille de bronze est décernée à M. Jean Fabrègues, ouvrier de Nîmes, pour son réveil-allumeur.

Une mention honorable est accordée à M. Ferdinand Dumas, instituteur à Saint-Dionisy (Gard), pour son horloge en fer. Elle est construite d'après les plus vieux modèles, mue par de très-grosses pierres et présente de très-grands frottements. La denture des engrenages est fort incorrecte. L'unique mérite de ce travail est d'avoir été exécuté par un homme qui n'a jamais étudié l'horlogerie. Le jury est heureux d'encourager M. Dumas, qui consacre à des travaux utiles les rares heures de loisir laissées par des fonctions pénibles et dont il s'acquitte avec zèle.

INSTRUMENTS DE PESAGE.

Au premier rang se place la maison Louis Sagnier et Cⁱᵉ, de Montpellier. Elle expose un pont à bascule pour waggons de chemin de fer, portant 20,000 kil., et employé depuis longtemps sur les lignes françaises. Ce pont présente quelques perfectionnements dignes d'être signalés. Les coussinets sont en acier fondu et mobiles dans tous les sens grâce à une disposition particulière. Dès lors les leviers qui reposent sur eux conservent constamment leur position horizontale. De là vient la grande sensibilité de ces appareils, sensibilité accrue encore par une disposition de la romaine. Celle-ci porte deux tringles graduées, la supérieure est graduée par kilogrammes et porte une bague dont le glissement est modéré par un ressort intérieur, de manière à n'obéir qu'à une impulsion communiquée directement; l'inférieure est graduée par 500 kil. et elle est formée par des coches profondes. Un chevalet muni d'une poignée et d'une roulette pour en faciliter le mouvement, porte à son extrémité un couteau en acier fondu qui s'enfonce à volonté dans les coches. On évite par là l'erreur de lecture provenant de ce que l'on découvre plus ou moins le trait indiquant le poids. Cette erreur, négligeable dans une graduation par kilogramme, ne l'est plus lorsque la graduation a été faite par 500 kil. L'avantage de cette double graduation est d'employer deux poids curseurs d'un poids bien moins grand et par là d'un maniement plus facile. Pour éviter les chocs successifs du passage d'un train ou d'une locomotive, M. Sagnier emploie un appareil de calage qui, en détachant le tablier des chapes mobiles, le fait reposer sur quatre cônes fixés au bâti de la machine. Le tablier immobilisé reçoit la charge; on conserve ainsi le tranchant des couteaux et on évite les dépenses de réparations. Pour remettre l'appareil en mouvement, il suffit de presser sur une longue manette placée derrière la romaine.

Le jury a regretté que M. Sagnier n'ait pas pu exposer une de ces romaines bascules sextuples employées pour le réglage des locomotives, et qui permettent de déterminer la charge sur chaque roue. L'exposition de MM. Sagnier et Cie présente encore une bascule de 1,000 kil. pour le pesage des vins, qui paraît aux propriétaires de l'Hérault préférable, pour leurs intérêts, au mesurage. Les tonneaux ne reposant sur le pont de la bascule qu'en un point, on a pu lui donner la forme d'une caisse longue et droite. Par là on a pu resserrer les leviers intérieurs, donner plus de solidité et de justesse, éviter toute flexion qui détermi-nerait des erreurs considérables.

Une bascule en fer de 1,600 kil. pour le pesage des bestiaux, construite dans le même système que la précédente, présente en outre une grille en fer avec double entrée pour retenir les bes-tiaux. Les chocs sur cette bascule, par une heureuse disposition des leviers, se transmettent dans le sens transversal et non d'avant en arrière.

Tous ces appareils se distinguent par leur solidité, leur élégance et les soins apportés à leur construction. M. Sagnier a obtenu à Londres, en 1862, la mention honorable, seule récompense accordée aux instruments de pesage. Il avait obtenu en 1860 une médaille d'or à Montpellier. Le jury lui décerne un diplôme d'honneur.

M. Mathie Faisse, de Nîmes, a cherché, comme M. Sagnier, à éviter l'erreur de lecture. Il a exposé un assortiment de ba-lances et de romaines, d'une très-grande sensibilité, exécutées et graduées avec beaucoup de soins. Sa bascule brisée, se repliant et pouvant se mettre dans une boîte, est un appareil utile, et dont l'idée a paru heureuse, parce que cet instrument ne gênera plus dans les magasins. Le jury décerne à M. Mathie Faisse une médaille d'argent.

M. Carollet, d'Avignon, a exposé une balance de précision, une machine à vapeur et une pendule. Sa balance ne nous a paru présenter aucun avantage sur les balances de précision que possèdent tous les cabinets de physique. Sa machine à vapeur, qui a fonctionné devant le jury, est une très-jolie miniature. Elle fait marcher un rouage qui entraîne toute la machine dans une rotation continue sur elle-même. La machine prouve donc ainsi sa puissance en même temps qu'elle présente successivement tous ses détails au regard de l'observateur. Sa pendule est, par ses découpures faites à la main, un travail très-minutieux, mais sans utilité. Tout en regrettant la direction que M. CAROLLET, dans ces deux travaux, a donnée à son activité, le jury doit reconnaître les qualités précieuses dont ils sont la preuve. Par son habileté à réparer les instruments délicats, M. CAROLLET est un artiste utile à nos pays. Le jury lui décerne une médaille d'argent.

M. PIERRON, AMÉDÉE, de Marseille, expose un trébuchet et une balance hydrostatique qui paraissent bien construites, une bascule miniature, etc. Le jury aurait désiré examiner tout cela de près, recevoir des explications de l'exposant. Il ne l'a pas pu. La vitrine de M. PIERRON renferme des cylindres en cuivre sur lesquels sont gravés les chiffres 1,000 fr., 500 fr., etc., et qui sont destinés à peser l'or. De cette façon, on ne compte plus l'or, on le pèse, ce qui peut éviter des erreurs et accélère beaucoup les opérations.

Le jury accorde à M. PIERRON un rappel de médaille d'argent.

Une mention honorable est accordée à M. CAZALLET, de Nîmes, pour une romaine, dont les couteaux et les coussinets, en acier trempé, sont très-soignés, la division nette et exacte, la sensibilité très-grande.

Le 2ᵉ jury a eu encore à examiner des appareils de nature et de but très-divers, réunis dans la 5ᵉ classe, 3ᵉ section.

CHIRURGIE.

M. GALTIER, de Nîmes, a exposé des appareils orthopédiques et des bandages. Le jury a surtout remarqué un appareil pour l'ankylose incomplète du genou, un autre pour redresser les déviations de l'épaule, et un perfectionnement du bandage inguinal simple, qui permet, par un ressort bien disposé, de l'appliquer à la hernie crurale. La confection de ces divers appareils est très-soignée et atteste un ouvrier intelligent. Le jury lui décerne une médaille d'argent.

M. Ponderoux, de Montpellier, expose un grand nombre d'objets en caoutchouc et en gutta-percha, pour la médecine et les usages domestiques. Nous citerons notamment un évier stercoral, très-utile dans le cas de fièvre typhoïde, de paralysie, de fracture et d'opérations qui exigent l'immobilité dans le lit. M. Ponderoux confectionne et répare les objets en caoutchouc et en gutta-percha; par là il peut rendre des services aux médecins et aux chimistes. Le jury lui décerne une médaille de bronze.

ÉCLAIRAGE AU GAZ.

M. Philippe Braatz, de Marseille, a exposé un modèle d'usine à gaz, exécuté avec le plus grand soin. Toutes les pièces se démontent et permettent de se rendre compte de tous les détails de fabrication mieux que dans l'usine elle-même. Avec un pareil modèle il y aurait plaisir à faire une leçon sur le gaz d'éclairage. Mais ces travaux sont d'un prix très-élevé (4,000 fr.), et bien au-dessus des ressources de nos établissements d'éducation. Le jury accorde à M. Braatz un rappel de médaille d'argent.

MM. Nordhoff et Cie exposent un carburateur dont l'emploi offre de très-grands avantages.

Cet appareil se distingue par sa simplicité, l'accrbissement de clarté qu'il donne au gaz et l'économie qu'il procure. Il consiste simplement en un châssis cubique formé par des faisceaux de fils de laine plongeant, par leur extrémité inférieure, dans de la benzine, dont le niveau reste constant; ce châssis se place dans un cylindre en fer-blanc, entre deux plaques percées de petits trous à leur partie inférieure. Un tuyau, également percé de trous, amène le gaz qui ne traverse qu'en partie la benzine; forcé de passer par les trous de la plaque, il abandonne les substances goudronneuses qu'il peut avoir entraînées mécaniquement, traverse le châssis imbibé de benzine par capillarité et s'échappe par un deuxième tube. En même temps que le gaz se charge ainsi d'un carbure qui augmente l'éclat de la flamme, il se purifie et perd son acide sulfhydrique qui est absorbé par la benzine. Il n'en contient plus trace, et par conséquent, ne risque plus d'altérer les dorures. Des expériences sérieuses ont montré que cet appareil amène une économie de 40 p. 100. Cette économie est, d'ailleurs, parfaitement reconnue par les certificats élogieux signés des personnes les plus honorables, qui ont déjà adopté cet appareil. Je ne citerai que l'économe du grand séminaire d'Avignon qui déclare, en outre, que depuis l'emploi du carburateur, la flamme du gaz est chez eux plus pure, plus éclatante et moins vacillante. Un demi-bec de gaz carburé a plus de pouvoir éclairant qu'un bec entier de gaz ordinaire. Moins le bec est fort, plus le gaz se carbure, et par conséquent plus l'éclairage est avantageux. Il est nécessaire que la benzine soit maintenue à la température de 14° ou 15°. Dans l'hiver, l'appareil pouvant se refroidir beaucoup au-dessous de cette température, MM. Nordhoff et Cie ont disposé au-dessous un petit bec alimenté par le gaz lui-même et qui échauffe la benzine quand il le faut. D'ailleurs, le liquide carburateur viendrait-il à manquer par suite de quelque négligence, la carburation seule cesserait, et l'éclairage continuerait à marcher, seulement avec l'éclat ordinaire de la flamme. Cet appareil nous paraît destiné à être adopté partout. Aussi, le jury décerne à MM. Nordhoff et Cie une médaille de vermeil.

M. Charles Fournier, trésorier du ministère de la guerre, expose un appareil très-ingénieux, fondé sur les principes les plus élémentaires de la physique et de la chimie, destiné à relever les fuites de gaz dans les appareils d'éclairage et de chauffage. Il se compose de deux parties : 1° un manomètre adopté près du compteur, et indiquant, par la position des niveaux dans les deux branches, si une fuite existe; 2° une éprouvette contenant de l'ammoniaque liquide. Lorsque le manomètre indique une fuite, on force le gaz à traverser cette éprouvette. Il s'y charge d'ammoniaque et acquiert la propriété de donner des fumées blanches lorsqu'on approche une baguette imprégnée d'acide chlorhydrique, de la fissure de la conduite par laquelle le gaz s'échappe. Au lieu d'acide chlorhydrique, on peut faire usage d'un papier de tournesol rougi par un acide ou simplement de l'odorat. Une sonnerie électrique annonçant la fuite dispense même de s'approcher de l'appareil, dans les lieux obscurs, avec une lumière qui pourrait produire l'explosion.

Cet appareil nous paraît devoir être adopté par tous les chefs d'établissements industriels. Il occupe un faible volume, exige une dépense très-légère, puisqu'il tient lieu du robinet ordinaire et réglementaire; il amène l'économie du gaz qui s'échapperait et qui, ayant traversé le compteur, est payé quoique perdu. Enfin, il évite toute explosion. Par là, M. Charles Fournier a fait une découverte utile à l'humanité. L'Académie des sciences lui a décerné, en 1860, un prix de 2,500 fr. Le jury propose de lui décerner une médaille de vermeil.

ASTRONOMIE.

L'astronomie est, par la dignité de son objet et la précision de ses théories, l'un des plus beaux monuments de l'esprit humain. Une étude approfondie exige les plus hautes connaissances mathématiques; mais les faits les plus importants, les phénomènes journaliers, peuvent être mis à la portée de tous. Lé cosmographe de M. Ouvière en est la preuve. Il réunit tout ce qui est nécessaire pour l'éducation astronomique d'un homme du monde, et les hommes spéciaux qui l'étudieront avec attention, trouveront encore à s'y instruire. C'est, comme dit l'auteur avec raison, un observatoire populaire, permettant de trouver sans maître et d'après les simples indications écrites sur le piédestal de l'appareil, le pôle, sa hauteur au-dessus de l'horizon, la méridienne du lieu, la latitude, etc. Il peut rendre de très-grands services pour l'enseignement. Il a sa place marquée dans toutes les écoles normales. Déjà toutes les villes où il a paru aux expositions régionales, se sont empressées de l'adopter. La ville de Nîmes fera bien de conserver, comme souvenir de notre exposition, le cosmographe élégamment installé sur l'Esplanade. Le jury décerne à M. Ouvière, une médaille de vermeil.

L'appareil exposé par M. Cantagrel, de Montpellier, donne par une seule observation au soleil: l'heure du lieu et celle de toutes les longitudes — l'instant du lever et du coucher du soleil pour toutes les latitudes — la déclinaison du soleil — son ascension droite — sa distance zénithale — la latitude du lieu. L'exécution en est trop peu soignée pour qu'il puisse servir à des observations de précision, mais il peut rendre des services dans un cours de cosmographie. Le jury lui décerne une médaille de bronze.

PHOTOGRAPHIE.

M. Léon Vidal, secrétaire général de l'Union des arts, à Marseille, a exposé un appareil de son invention nommé *autopolygraphe*. Jusqu'ici les photographes étaient obligés d'emporter dans leurs voyages un matériel considérable. M. Vidal le réduit à deux boîtes superposées: la boîte inférieure est une chambre noire, la boîte supérieure contient 20 glaces toutes préparés au collodion sec. Veut-on prendre un paysage, on fixe l'appareil sur son trépied. On met au point. On enlève la glace dépolie, et par une manœuvre très-facile de la boîte supérieure, qui glisse à rainure sur l'inférieure, on fait passer dans la chambre noire une des 20 glaces préparées. On prend la vue; on ferme la chambre noire; l'appareil peut se renverser, grâce à une double planchette, et la plaque impressionnée reprend la position qu'elle avait dans la boîte à glaces. Un repère empêche qu'on soumette jamais deux fois la même glace à l'action de la lumière. Les glaces étant impressionnées, l'amateur pourra plus tard développer lui-même la vue, ou la faire développer par des photographes. Grâce à cet appareil, le nombre des photographes amateurs s'accroîtra rapidement; car ils n'auront qu'à choisir la position, la vue, ce qui est affaire d'art; toute la manipulation peut être laissée à d'autres. Ainsi des amis de M. VIDAL voyagent en ce moment sur les bords du Rhin et en Algérie. Chaque semaine il leur envoie un certain nombre de glaces préparées et il en reçoit des glaces impressionnées, les photographes de profession achèvent l'œuvre. En multipliant les photographes, cet appareil aidera à multiplier les découvertes.

Pour rendre l'appareil plus portatif, les plaques de verre n'ont que $0^m,086$ de côté; mais personne n'ignore que, revenu dans son atelier, le photographe peut produire des épreuves de toutes dimensions, qui conservent dans leur agrandissement, s'il n'est point exagéré, la finesse et la pureté du petit modèle. L'appareil complet avec son objectif et son pied articulé en bambou ne coûte que 150 fr.

M. VIDAL nous a aussi montré un appareil encore inachevé, mais très-bien conçu, destiné à permettre de calculer le temps de pose pour chaque éclairement. L'essai en a été fait dans la reproduction, à Marseille, d'un tableau très-noir du Titien, qu'on n'avait pu photographier par aucun moyen. La pose a duré deux jours.

Le jury décerne à M. VIDAL une médaille d'argent.

APPAREILS DIVERS.

M. Lallement, instituteur primaire à Étrepy (Haute-Marne), expose un appareil scolaire, destiné à apprendre aux enfants à lire, à écrire et à calculer. La grande difficulté de l'enseignement, pour les tout jeunes enfants, est d'employer utilement et sans fatigue les longues heures de classe. Pour cela, on cherche à exciter leur curiosité, à fixer leur attention; on les fait, à leur insu, comparer et juger. Instruire tout en récréant, tel est le but que s'est proposé M. Lallement, et qu'il nous paraît avoir atteint. On peut faire de son appareil un meuble de salon et même de luxe qui ne coûte que 25 francs et avec lequel chaque mère de famille peut donner à ses enfants les premiers éléments d'instruction. Cet appareil peut aussi rendre de grands services dans les écoles. Le jury lui décerne une médaille de bronze.

M. Noel Renier, de Lille, a exposé un nouveau manomètre qui paraît bien construit, mais il était fixé dans une boîte qui n'a pas permis de le soumettre à l'expérience. Privé de renseignements sur sa construction, le jury n'a pu décider en quoi il constituait un perfectionnement et par suite le récompenser. Un certificat envoyé par l'exposant déclare qu'il fonctionne depuis deux ans régulièrement sur une chaudière des mines d'Anzin.

M. Bourdaloue, de Bourges (Cher), a exposé différents appareils de son invention appelés *pantosymmètres*, qui donnent rapidement sans calculs logarithmiques les latitudes, les distances et la direction des lignes, c'est-à-dire toutes les données nécessaires pour établir les projets et avant-projets de travaux; cet appareil a la forme d'un fusil ordinaire, le canon est une tige graduée; deux tiges de laiton mobiles à charnières sur le canon complètent un triangle au sommet duquel est suspendu un fil à plomb. La division à laquelle correspond le fil à plomb donne la pente ou la rampe. Le travail de l'opérateur est facile et prompt. La précision de cet appareil est très-grande. Il suffit d'ailleurs, pour en prouver l'utilité, de dire que c'est avec lui que s'opère le nivellement général de la France. M. Bourdaloue est un ancien conducteur des ponts et chaussées. Notre département lui doit son premier chemin de fer, de Beaucaire à Alais. En 1855 M. Bourdaloue présentait à l'exposition universelle 21 cartes et 4 volumes de texte constituant le nivellement général du département de l'Allier, son pays natal. Ces cartes, qui figurèrent avec honneur à côté de celles de l'état-major, valurent à l'auteur la croix de la Légion d'honneur. M. Bourdaloue, à la suite de ce travail, fut chargé de diriger les opérations d'un nivellement général de la France, entreprise grandiose qui fera époque non-seulement dans les annales des travaux publics, mais encore dans la science. La médaille à Londres, et la croix d'officier de la Légion d'honneur prouvent en quelle estime les juges les plus compétents tiennent M. Bourdaloue. Le jury lui décerne un diplôme d'honneur, la plus haute récompense dont il puisse disposer.

LISTE GÉNÉRALE

DES RÉCOMPENSES ACCORDÉES PAR LE DEUXIÈME JURY.

DIPLOMES D'HONNEUR.

BOURDALOUE, de Bourges. — Instruments de nivellement.
CABANES, de Bordeaux. — Sasseur mécanique.
DESTOUCHES, de Paris. — Horlogerie de précision.
MICHEL, Matthieu, de Nîmes. — Machine à filer les soies.
SAGNIER, Louis, et Cⁱᵉ, de Montpellier. — Instruments de pesage.

MÉDAILLES D'OR.

BUFFAUD frères, de Lyon. — Hydro-extracteurs.
CALLIER, de Paris. — Horlogerie de précision.
CHEVALIER, Laurent, de Lyon. — Locomobile de la force de 5 chevaux
FOURGEAUD, de Nîmes. — Montre de 7 lignes.
MARIGNAN, de Nîmes. — Pétrin mécanique.
SCHWÆBLÉ, de Paris. — Appareil à carboniser les bois.
TAVERNIER père, fils et Cⁱᵉ, de Sommières (Gard). — Machine peigneuse.

RAPPELS DE MÉDAILLES D'OR.

CHASSAING, PEYROT et Cⁱᵉ, de Domme (Dordogne). — Meules.
MESNET-THIBAULT, à Cinq-Mars la Pile (Indre-et-Loire). — Meules.

MÉDAILLES DE VERMEIL.

CARLE, Ernest, de Nîmes. — Machine pour filer la soie.
COMPAZIEU, Urbain, de Marseille. — Pendule veilleuse.
DUVAL, à la Villette, Paris. — Machines à percer.
EGROT, de Paris. — Appareils à distillation continue.

Fournier, Charles, de Paris. — Appareil de sûreté pour le gaz.
Honoré, Laurent, de Nîmes. — Métier à la Jacquard, nouveau système.
Franc, de Carcassonne. — Appareil de mesurage.
Long, Henri, de Marseille. — Pressoir pour huiles.
Mayer, de Paris. — Machines à coudre.
Meynard, de Valréas (Vaucluse). — Instrument à titrer les soies.
Nordhoff et Cie, de Nîmes. — Carburateur.
Ouvière, de Marseille. — Cosmographe.
Pinel de Grandchamp, de Paris. — Mécanique en fer pour métier à tisser.
Rosan, Bernard, d'Avignon. — Machine à régler les essieux.
Soulier, de Nîmes. — Machine à ferrer les lacets.
Tastevin, de Lyon. — Machine pour l'ouvraison des matières textiles.
Vigouroux, de Nîmes. — Métal inoxydable.

RAPPEL DE MÉDAILLE DE VERMEIL.

Sehet, Alexandre, de Lodève (Hérault). — Plaques et rubans de cardes.

MÉDAILLES D'ARGENT.

Amenc, Léon, de Clermont-Ferrand. — Godet graisseur automatique.
Béridot, de Nîmes. — Métier en fer.
Bouchard, de Lyon. — Pompes à incendie.
Carollet, d'Avignon. — Instruments de précision.
Chirouze, de Tournon. — Robinet pour la mise en bouteille des vins fins.
Clarency, de Marseille. — Montre chronomètre.
Delord, César, de Grand-Gallargue (Gard). — Outils pour tonneliers.
Droz, Humbert, de Nîmes. — Horlogerie.
Galtier, de Nîmes. — Bandages.
Julien, Matthieu, de Nîmes. — Outils de tous genres.
Leplay, d'Avignon. — Appareil de distillation.
Mardienne, de Lyon. — Peignes à tisser.
Mathe Faisse, de Nîmes. — Balances et romaines.
Mollo jeune, d'Avignon. — Appareil à fabriquer les eaux gazeuses.
Perre, d'Avignon. — Machine à broyer les olives.
Pujolas, de Nîmes. — Mécaniques à la Jacquard.
Radet-Ruotte, de Provenchère-sur-Meuse. — Meules.
Richard, Louis, de Nantes. — Système d'échappement.

Roverié de Cabrières (Baron de), de Nîmes. — Scie à pédale.
Saussine, de Nîmes. — Machine à visser les chaussures.
Sipeyre, de Nîmes. — Moulin à triturer les écorces.
Vidal, Léon, de Marseille. — Autopolygraphe.

RAPPELS DE MÉDAILLE D'ARGENT.

Braatz, Philippe, de Marseille. — Modèle d'usine à gaz.
Corroy, de Rouceux (Vosges). — Tarare.
Fages, Laurent, de Montpellier. — Boîte à graisser.
Pierron, Amédée, de Marseille. — Balance pour peser l'or.
Valla, de Nîmes. — Pétrin mécanique.
Vidal, Mentor, de Mèze (Hérault). — Outils de tonneliers.

MÉDAILLES DE BRONZE.

Amans, François, père, de Narbonne (Aude). — Niveau volant.
Baron, Jean, de Marseille. — Système pour remplir les bouteilles.
Bonnet frères, de Toulouse. — Locomobile de la force de 2 chevaux.
Burrier et Porte, de Nîmes. — Métier mécanique.
Cabourg, de Paris. — Machine à visser les chaussures.
Camroux, de Nîmes. — Pompe à brouette.
Cantagrel, de Montpellier. — Cosmographe.
Goulard, d'Aigues-Vives. — Machine à fabriquer les tuiles.
Courenq, Félix, de Toulouse. — Machine à régler.
Dalverny, de Sommières. — Machine à fabriquer des bouchons.
Fabrègues, Jean, de Nîmes. — Réveil-allumeur.
Fauconnier, de Paris. — Moulin à triturer le plâtre.
Glattard et Cie, de Montauban. — Outils pour métiers.
Jullienne, de Paris. — Machine à mouler les briques.
Lallement, à Étrepy (Haute-Marne). — Appareil scolaire.
Laval, de Nîmes. — Modèle d'un atelier.
Mercoiret, de Sauve. — Soufflet de forge.
Ponderoux, de Montpellier. — Appareils en caoutchouc.
Salery, Étienne, de Nîmes. — Foudre à deux compartiments.
Soulier, de Nîmes. — Ciseaux pour tondre les chevaux.
Thomas, de Nîmes. — Pompe à brouette.

RAPPELS DE MÉDAILLE DE BRONZE.

DELORD aîné, de Grand-Gallargues (Gard). — Outils pour tonneliers.
ROBERT, père et fils, de Montpellier. — Soufflet de forge.

MENTIONS HONORABLES.

AMALRIC, de Nîmes. — Tonneau en renfermant quatre.
ALZAS, Louis, de Nîmes. — Collection de navettes.
AUBANEL, de Vergèze (Gard). — Foudre ovale.
CARBONNEL, Balthazar, de Marseille. — Cisailles à couper le fer.
CAZALLET, de Nîmes. — Romaine.
COULET, de Montpellier. — Machine à couper le papier.
DUMAS, Ferdinand, de Saint-Dionisy (Gard). — Horloge en fer.
HINN-DEPAIRE, de Nîmes. — Étau et enclume.
HÜGEL, Michel, de Nîmes. — Foudre à 8 robinets.
MAUREL, Toussaint, de Marseille. — Bonde métallique.
PÉCHIER, de Nîmes. — Modèle d'une machine à laver les tapis.
PERRET et MAZER, de Nîmes. — Pompe alimentaire.
PLATON, Louis, de Nîmes. — Machine à scier les douves.
THIÉBAUD et BURDET, de Lyon. — Instruments de précision.
VERDIER, Thomas, de Nîmes. — Planche d'empoutage.

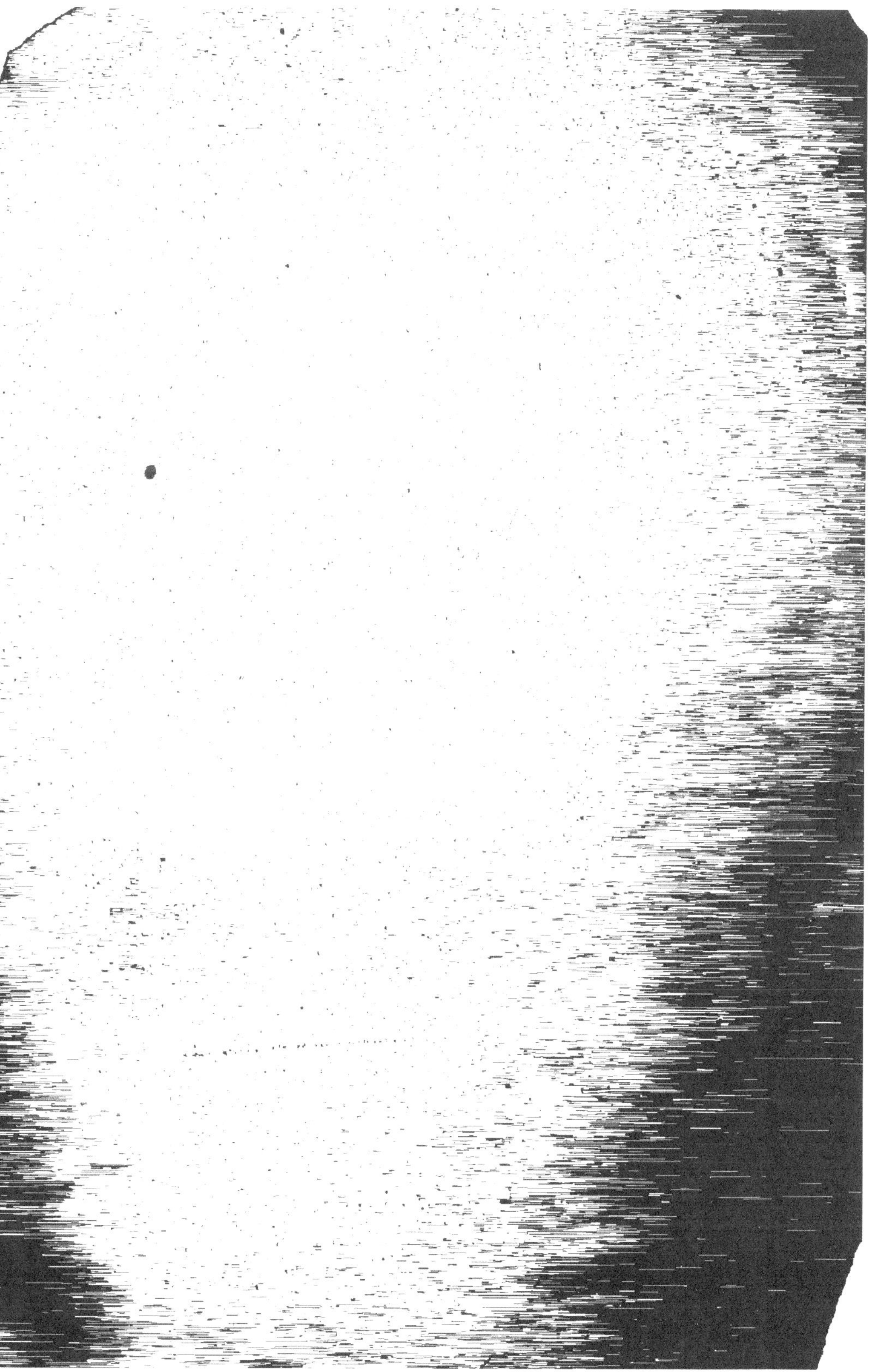